清·馮煦修 魏家驊等纂 張德霈續纂

鳳陽府志

十一册

黄山書社

建置攷

古稱金城湯池肇於神農易曰王公設險以守其國又曰上古穴居野處後世聖人易之以宮室周官有掌固之設詩有作廟之章凡所締造皆足以觀禮明制鳳郡經兵燹後或仍舊貫或刱新規百廢俱興燦然大備可以覘政治焉作建置攷

城郭

鳳陽府城明洪武七年建周五十里有奇高丈餘皆土築惟東北甃壘四里餘門十有二曰洪武朝陽獨山塗山父道子順長春長秋南左甲第北左甲第前左甲第後左甲第其長秋父道子順三門後裁九門名猶存

國朝乾隆十九年總督鄂容安請建城檄潁州府通判呂輸鳳陽縣知縣鄭時慶董其事較舊城減小十之七八周一千一百八十一丈高二丈為門六東曰鎮濠西曰集鳳南曰肇慶北曰靖淮皆有樓東南曰文治西北曰九華無樓同治五年知府湯壽銘知縣俞熙重修

鳳陽縣附郭在府治西三里即明中都城之裏城也明洪武五年建外城周九里三十步內城周六里東西南三面有池府縣城俱甃甎石高二丈許門四無樓明時縣治在鳳皇山後城內無居人崇禎八年流寇犯境守監王裕民奏移縣治之民聚居

於此

國朝康熙六年移縣治於城內乾隆二十三年知縣鄭時慶詳請修築二十六年知縣貢震始踵成之增建四門城樓因名其門東曰濠梁南曰鍾離西曰塗山北曰臨淮東西北三面有池皆寬十餘丈深一二丈（乾隆二十年以府屬臨淮縣省入鳳陽縣臨淮城遂廢今爲淮水衝決城址爲積水區矣）道光二十一年知縣劉夢松重修咸豐十年寇亂城西南隅多損裂城樓均圮

懷遠縣舊城相傳爲梁魏時建周世宗置鎮淮軍而城始大舊有五門（東禹會西捧玉南壽龍北還京又小東門）後廢明景泰元年知縣王道因故址修築尋圮正德六年知縣李豫城荊山爲中都扞蔽旋亦廢

嘉靖以來縣無城郭惟於各街巷門首署額以存舊制東曰賓旭西曰含輝南曰迎薰北曰朝宗小北門曰拱元小西門曰鳳池崇禎時流寇猖獗巡撫朱大典請築新城詔遣欽天監載圖知縣劉樾藹董其事度地於淮河兩岸周三里二百餘步然地勢窪下徙民靡有應者

國朝因之咸豐間居民始築石垣

定遠縣城始于宋嘉定四年後燬於兵火明景泰元年重築土牆宏治十年知縣曾大有重修正德七年知縣楊麓易以甎石高二丈餘十四年知縣高璧重修題其門（東曰毓秀西曰覽勝南曰南薰北曰興龍）各有樓崇禎八年知縣盧春蕙加城陴三尺陳鵬舉李彬修葺

國朝順治十六年知縣徐三善重修四樓題其樓東曰來紫西曰薦爽南曰歌風北曰拱辰環城有池深二丈北池濶二十丈餘皆濶十丈康熙五十年知縣張景蔚雍正三年知縣郭兆夢乾隆二十八年知縣鄭基嘉慶十五年知縣范照藜同治元年典史張維藩縣人吳會相繼重修

壽州舊城久堙宋嘉定間都統許俊重建周十三里有奇高二丈五尺廣二丈東爲池塹北接淝河西連西湖門四東曰賓陽西曰定湖南曰通淝北曰清淮（壽州鳳臺志並作靖淮）皆有樓凡警鋪五十有五明正統二年指揮劉通正德六年知州吳節十二年州同梁穀袁經嘉靖十七年知州劉永準御史楊瞻知州錢雍熙（壽州志作錢永熙）等踵修併建護城甃水石岸二十七年知州栗永祿修西南隅三十四年知州鄭原彬三十八年知州呂穆感隆慶四年知州甘來學萬歷元年知州楊濶四年知州鄭統（江南通志壽州志並作鄭坊）李鳳來先後修築（州志作李來鳳）

國朝順治六年大水城圮知州王業重修乾隆二十年知州劉煥二十八年知州徐廷琳署州事沈丕欽三十三年知州席芑五十四年知州蔡必昌嘉慶十二年知州靳天培知縣吳層雲十六年知州陳之撰道光十七年知州饒元英咸豐三年知州金光筋同治四年五年知州施照節次修葺又施照詳准州西南六十里有關曰正陽就民圩舊阯改築城垣周七百二十丈

安徽通志作七百丈四尺高一丈五尺計四里三分女牆千三百七十垛門
五東曰朝陽曰引泉西曰襟江南曰解阜北曰拱辰
鳳臺縣初與壽州同城雍正十一年分設鳳臺縣晝城之東北
隅屬鳳臺由東門之右歷南門西門至北門之西屬壽州乾隆
二十年知縣吉祿二十八年知縣沈丕欽重修五十八年知縣
劉士煒請修縣志云東門以門本扇屬縣歷城之東北至北門大培知縣吳曾貴又重修門西城垣七百一十三丈嘉慶十二年署知州靳北門城樓題之曰淸淮樓同治三年移治下蔡有土圍二里餘
五年西南水圮築石城數十丈
宿州城建於唐元和四年築土爲之明洪武十年始壘石覆甃
周六里三十步計長一千一百一十五丈每丈二垛連垛高三
丈三尺廣二丈二尺江南通志作高二丈四尺廣二丈五尺此據宿州志門四東曰望淮
西曰連汴南曰阜財北曰拱辰各設戍樓以嚴更守外築月城
以固隄防城上每里八鋪共四十九鋪每鋪宿州衛百戶一員
鋪兵八名城下周圍濬濠計八里一百八十八步歲久僅塞萬
歷二十三年知州崔維嶽於濠內種荷兩岸夾植楊柳崇禎七
年學正王域濬濠禦寇有功
國朝康熙十一年秋潦東城傾壞知州呂雲旋錯石於底甃瓴
於上以灰灌之修城垛傾圮者數百乾隆二年知州尤拔世補
修嘉慶八年賊匪滋擾知州傅文炳重修十九年知州劉用錫
請濬濠並築護城隄自東關東至西關西緜亘九里有奇咸豐

三年知州郭世亨添築城東北角礟台署巡撫周天爵駐師於此重加修濬戍樓凡四久而傾頹光緒六年知州何慶釗重建

靈璧縣舊城墮於金明宏治八年知縣陳玉創築土城旋圮正德六年知縣陳伯安議循故阯建城周六里有奇高一丈九尺廣一丈五尺門四（東鹿鳴 西鳳儀 南望荊 北來璧）皆有樓池深八尺廣二丈周八里有奇八年知縣邢隆續成之天啟初知縣別如綸崇禎十年知縣王世俊修濬

國朝乾隆十九年通判徐廷琳知縣貢震奉文重修石垣高一丈六尺有奇甎堞高五尺有奇土址厚二丈五尺有奇頂厚八尺周一千一百八十丈復濬鳳河引睢水為池史四門名東曰

仁育西曰義正南曰成歲北曰佐陽咸豐六年知縣惲光業修濬有碑記

官署

府署在府城仁愛坊明初會同館也先、臨淮移府治於此崇禎末燬於流寇國朝順治初知府張以謙重建安徽通志作崇禎八年知府張謙重建乾隆三十二年燬於火知府俞成修咸豐八年燬於寇同治十三年知府范運鵬建其制太門內為儀門儀門內為涖事堂儀門外左為經歷署右為獄　鳳廬同知署在壽州下塘集　鳳潁同知署在宿州睢溪口　督糧通判署在壽州正陽關　儒學署咸豐間寇燬同治間知府范運鵬建正副兩署於東門內　萬壽宮之右教授署舊在譙樓南紫市訓導署舊在西門內均燬

鳳潁六泗道署在府署東乾隆十七年廬鳳道許松佶修二十年置鳳陽庫於大堂東二十八年增置鳳關總庫咸豐八年署燬同治九年皖北道胡玉坦重建

壽春營右軍安徽通志作中軍守備署在府城北文昌街

鳳陽衛守備署在縣城內咸豐間寇燬未建光緒二十七年衛官裁

鳳陽縣署在縣城東北康熙間建咸豐八年燬於寇同治間知縣毛鳳五俞熙屆承福先後建葺　縣丞署舊在縣堂東乾隆二十九年移駐溪河集　主簿署舊在縣署西南後移治蚌埠河北縣志移治年分失考僦居民屋　典史署在縣堂西獄在二門內庫在大堂東

教諭署在縣學宫東

把總署在縣城西

臨淮巡檢署在臨淮舊城

臨淮鄉學訓導署舊在鄉學咸豐間圮同治四年訓導楊恩榕因清淮書院遺阯建署

懷遠縣署在荆山東洪武二年知縣唐蔚建

國朝順治九年知縣傅鎮國康熙五十二年知縣錢鑑嘉慶二十三年知縣孫讓踵修咸豐間燬於寇光緒十年知縣屈承福重建　主簿署舊在大堂左糧馬廳縣丞署縣丞裁主簿居之後移駐龍亢　典史署在大堂右　獄在儀門右　永甯庫在大堂東今燬

教諭署訓導署在縣學左久燬同治三年邑人宋春翹捐建城守千總署在學前街

洛河巡檢署在洛河距縣治七十里

定遠縣署在曲陽橋東北明洪武三年知縣朱玉建

國朝康熙十五年知縣祖良器二十四年知縣曲震踵修咸豐間燬於寇同治初重建　主簿署舊在縣署西後移駐北爐橋　典史署在縣署東　庫在大堂西　儀仗庫在二堂內　獄在儀門西

教諭署訓導署在縣學明倫堂西

城守把總署在北門大街

池河巡檢署在池河鎮距縣治九十里

壽州署在城東宣化坊明洪武初建天順間知州羅丕訓建

國朝康熙二年知州黎士毅乾隆三十年知州席芑同治十二年知州王寅清皆重修均有碑記　甬道東　庫在二堂東　州同署在州堂東　吏目署在獄在儀門右道光二十二年吏目孟師曾捐廉置田四段在對亭鋪坊歲賦租錢十千爲獄囚醫藥之費稟院司立案勒石兵燹後舊案無存光緒七年吏目朱堉查得入畝有奇招佃歲賦租錢二千三百文

學正署在州學東

鳳廬分防同知署在下塘集道光中邑紳裴肯堂捐貲建署咸豐間燬於寇同治四年知州施照捐修署同知言南金捐廉置田七十七畝在合豸鋪坊謝家大塘下

鳳陽府督糧通判署在正陽鎮乾隆六十年通判狄夢鈞嘉慶十年通判常福均捐廉重修咸豐間寇燬今通判僦居民房

巡檢署舊在北爐橋康熙二年移駐正陽鎮

壽春鎮總兵署在州治東本明時大察院

國初爲副將署乾隆二年改爲總兵署　中營游擊署在州治東乾隆二年建　右營都司署在州治北乾隆二年建　中營守備署在將衙巷　右營守備署在前李家巷嘉慶十一年裁汰署廢　右營千總署在州治東北　中營把總署在州城

中營正陽汎把總署在正陽鎮　中營協防外委署二一在瓦埠鎮一在段家岡　右營協防外委署在壽州

鳳臺縣署舊在壽州城東門內北紫金坊前明東察院遺址乾隆五年知縣周之晉建三十五年知縣亢懔增修嘉慶十五年知縣李兆洛捐廉重修今署在縣治中街本義捐公所同治二年移治改作署（共瓦房五十楹本職員王煥奎典基咸同間爲苗逆據苗平僎捐入公）八年知縣楊式榮修光緒六年知縣王萬牲捐廉重修　典史署舊附縣署東今移駐縣西門內書院公所　獄在大堂右同治八年知縣楊式榮建

訓導署在壽州學前乾隆二十三年知縣鄭基捐購民舍建三

十二年知縣沈丕欽修嘉慶十九年壽州孫氏捐修（知縣李兆洛作記）光緒十四年訓導高肇麟修

巡檢署在闞疃集

城守把總署在縣西街

中營協防外委署二一在丁家集一在闞疃集

額外署三一在劉隆集一在顧家橋一在石頭埠

宿州署在城西北明洪武初知州吳彥中因宋元舊址重建成化洎萬歷間知州萬本應照林雲程崔維嶽踵修

國朝康熙間知州呂雲英董鴻圖雍正間知州尤拔世乾隆間知州王錫蕃均重修嘉慶七年燬于寇知州傅文炳重建光緒

六年十二月知州何慶釗重修　州判署舊有二一在大堂東南一在堂後西北乾隆二十三年裁留一員移臨渙集　吏目署在州治西偏　庫在大堂　獄在儀門西

學正暨訓導署均在州學後

鳳潁捕盜同知署在州西睢溪口同治四年知州張雲吉稟請移駐

巡檢署在時村集光緒十二年何慶釗購置

游擊署在州治大街北道光九年以都司改設　守備署在州治大街南道光九年以千總改設　城守把總署在東門內　分防千總署一在南平集一在百善集中軍千總移設　把總署一在睢溪口一在夾溝集

外委把總署一在城內一在大店集一在湖溝一在臨渙集一在張家集一在時村集

長淮衛守備署在游擊署西乾隆十五年原宿衛歸併

靈璧縣署宋時在城內東南隅燬于金元至元二十四年縣尹李艮佑移建于舊署之北元季復燬明洪武二年知縣穆政重建二十三年知縣周榮增建宏治八年知縣陳玉重修邑人王獻撰記正德六年爲流寇楊虎所毁七年知縣陳伯安草創未就知縣邢繼龍踵成之其後知縣初芳杜冠時鍾大章陳泰交先後增修崇禎間燬于流寇

國朝康熙十七年知縣姜玉二十八年知縣薛兆麒相繼建成

四十年朱成美四十六年馬佩章雍正間知縣王祖晉乾隆間知縣張海周夢華迭爲修治後漸傾圮同治八年署知縣景瑞重修　典史署在大堂西康熙間典史陳應登重建草屋乾隆間典史周瑞增修　庫在大堂後東北隅　獄在儀門右

教諭署訓導署在縣學內乾隆間知縣貢震更建同治八年教諭張瀛捐修教諭署光緒十三年知縣金士翹孫繼鑨教諭姚一皋訓導夏宗慶縣人王道成等捐修兩署

巡檢署在縣西南九十里固鎮明正德間知縣邢繼隆建

千總署在城內　外委千總署在固鎮皆僦居民舍

集鎮

鳳陽縣

長淮集縣西北三十里淮河南岸舊名粉團洲蚌埠集縣西北五十里徐家橋集縣西三十五里有營汛官溝集縣西南三十里劉府集縣西南五十里有營汛古稱遺碑寺明劉謙封東勝伯居此改名西泉集縣西南六十里武店集縣西南七十里樓子店集縣西南七十五里曹家店集縣西南五十里謝家店集縣南五十里一名郤甲店殷家澗集縣南四十里梁家岡集縣南二十五里岳家林集縣南十五里岡街集縣南十里鳳橋集縣東二十里在淮北岸有營汛三鋪集縣東北三十里有營汛舊名蔬圍鋪王莊縣東北六十里有營汛有驛以上鳳陽縣本轄集鎮臨淮鎮縣東二十里巡檢駐焉有營汛有濠梁驛總鋪縣東南三十里有營汛黃泥鋪縣東南四十里有營汛紅心集縣東南六十里有營汛有驛燃燈寺集縣東南七十里溪河集縣東五十五里公興集縣東七十里即司家巷井頭集縣東北九十里小溪集縣東北八十里棗巷集縣東北六十五里即二郎廟老鸛集縣東北五十里即銀杏村酒庵集縣東南四十五里即東秦村以上臨淮舊縣所轄改隸鳳陽

懷遠縣

上洪縣東南五里秦家山集縣東南二十里以上淮南天河北集鎮馬頭城縣南二十里新城口縣南五十里上窰縣南五十五里龍頭壩縣東南七十里盤龍集縣東南四十五里考城縣東南五十里宮家集縣東南十五里以上淮西洛北天河南集鎮洛河集縣南六十里新店集縣南八十五里九龍岡縣南九十里以上淮南洛西集鎮上橋縣西南十五里茅塘集縣西南三十里廖家巷縣西南三十六里胡疃集縣西南四十六里朱疃橋縣西南五十里常家墳縣西南五十里永甯橋縣西南六十二里五义路縣西南六十八里唐家集縣西南六十里潘家集縣西南五十里劉家集縣西南五十三里以上淮西欠南集鎮唐家店縣西三十里何家溜縣西五十里貢家集縣西六十里寨頭鋪縣西九十里張家瀨縣西

八十里南新集縣西二十五里以上欠北渦南集鎮岫河菜市縣東北五里馬頭集縣北四里
小街縣北三里龍窩集縣西二十五里雙溝集縣西三十五里龍亢集縣西七十五里丁家
集縣西北五十五里張家集縣西北三十五里龍王廟縣西北二十六里草寺集縣西北二
十二里蘇家集縣北二十里胡家口縣北二十三里太平集縣北二十里梅家橋縣東
北二十里以上渦北泚南集鎮曹老集縣東北四十里周家集縣東北二十五里張家店縣東
北三十四里蘆溝集縣東北五十五里何家集縣北六十里北新集縣北六十里高莊
集縣北六十五里高皇集縣北六十四里包家集縣西北五十四里八和集縣西北五十八里
陳家集縣西北七十里闞疃集縣西北七十里西陳家集縣西北一百十里李興集縣西
北六十五里西新集縣西北五十里古城集縣西北二十里張八營縣西北三十二里太平
集縣西北五十八里以上泚北澥南集鎮

定遠縣銀嶺集縣東十五里洛陽集縣東三十里大板橋集池河鎮
縣東六十里有巡檢存驛藕塘縣東六十里橫山集縣東七十里金府集牌頭廟集
以上縣東集鎮長樂集朱家集縣東南四十里大橋集縣東南四十五里石家菴集
縣東南五十里以上縣東南集鎮老人倉集縣南三十里張橋鎮縣南四十五里有驛三官
集縣南五十里余家集縣南六十里以上縣南集鎮石家集縣西南二十里孫家集
唐劉集陳家集均縣西南三十里永興集縣西南五十里九子集苗家集
均縣西南六十五里李家集縣西南九十里以上縣西南集鎮南陽集縣西三十里朱家灣
集縣西四十里坫雞集永康鎮縣西六十里北鑪橋鎮縣西九十里主簿駐焉以上
縣西集鎮三和集縣東北六十里以上縣東北集鎮
壽州隗家店州東三十里東四十店州東四十里姚皋店州東四十五里黃山

集州東五十里馬廠集州東六十里倪家灣州東八十里即北爐橋東二十店州東二十里聖佛寺州東三十里即鐵佛岡史院集州東六十里興淨集州東七十里朱家集州東四十五里孤堆集州東五十里殷家鋪尹家集均州東六十里黃滸陂州東八十里仇家集州東九十里瓦埠鎮有營汛李家嘴均州東六十里孔家店七里廟孟佛寺田家嘴均州東七十里余洋埠州東七十里侯家集州東八十里莊墓橋州東九十里大灣橋州東七十里涂家拐州東一百里陳楊集杜師娘岡均州東九十里車王集州東一百里錢家集州東一百十里楊家廟州東一百十里方羅家集州東一百三十里棗林鋪州東一百里下塘集州東一百二十里鳳廬同知駐馬高塘集州東一百四十里以上東長豐鄉集鎮東紫金集州東南十里東陸澗州東南二十里黃村鋪州東南三十里四十鋪州東南四十里五十鋪州東南五十里陶岡鋪州東南八十里築

城鋪州東南九十里合家鋪州東南一百二十里三義集州東南一百十里陶楊集宜豐鋪均州東南一百三十里桑科廟州東南一百四十里即吳山廟以上東南裕民鄉集鎮西陸澗州南二十里畢家店州東南三十里貢武廟州南四十五里即堰口集青蓮寺州南六十里阜口州南七十里船張鋪州南一百十里保義集州南八十里紅石橋州南六十里張羅城州南七十里東迎河集州南一百里炎劉廟州南一百二十里羅漢寺州南一百三十里邢家鋪州南七十五里雙廟集州南九十里雙棗樹州南一百四十里鄭家集州南一百十里祝家拐州南一百二十里羅陂塘即開荒集李山廟均州南八十里廣巖塘州南一百三十里以上南裕民鄉集鎮南關防州南城外九里溝州西南九里十里鋪州西南十里二十里鋪菱角嘴均州西南二十里三十里鋪州西南三十里豐莊鋪州西南四十五里正陽鎮鳳陽通判正陽巡檢把總駐焉竹絲門均州西南六十里孟家灣州西南七十里對

亭鋪州西南二十里　四十店　蘇王壩　老軍營均州西南四十里　塘坊店
井亭鋪　馬家店均州西南五十里　新壩店　蔡家店　彌陀庵均州
西南六十里　板橋集　蕭嚴家橋均州西南七十里　老廟集　安豐鋪均州西南
六十里　灑劉橋　沙澗鋪均州西南七十里　炭場州西南九十里　雙門鋪州西南九十里
西迎河集州西南一百里　張李集州西南一百十里　隱賢集州西南一百三十里　楊仙鋪
州西南一百里　牛角鋪州西南一百十里　衆興集州西南一百二十里　謝埠州西南一百三十里　花
果園州西南一百二十里　馬頭集州西南一百四十里　三覺寺州西南一百三十里　丁梁家岡
州西南一百四十里　柳槐澗　謝家墩　余家集均州西南一百四十里　李木集州西
南八十里　社公廟州西南九十里　廣積庵州西南一百十里　青峯頂州西南一百十里　茶庵
集州西南一百二十里　孟家岡州西南九十里　谷貝寺　白洋店均州西南一百里以上西南

保義鄉集鎮
鳳臺縣　大橋灣縣東二十里　太平集　地藏廟均縣東三十里　鴨背鋪
隗家店　劉家巷　石頭鋪有額外防汛　葛家巷均縣東四十里　安頭鋪
三山鋪均縣東四十五里　尉橋灣　東胡家集　泥河灣　大馬岡
東陳家集　陶王寨　蔡家店均縣東五十里　王葉巷　陳家岡　高
皇寺均縣東六十里　四十店　計家集均縣東七十里　萬福集縣東八十里　山裏集
縣東九十里以上東仁壽鄉集鎮　大山集縣北五里　石馬店　新集　黃橋灣
魯村灣均縣北十五里　大河灣　南祉寺　雙河灣　逯家巷　袁
家集　夏家橋均縣北二十里　順河集　泥坌集　劉巴集　黃家集
桂家集　潘家集　石家集　北塘村均縣北三十里　李未店　聶

家集 丁家集（有協防外委） 羅家集 黃家店 穆陽湖 僕疃集
劉隆集（有額外防汛均縣北五十里） 界溝集 劉家巷 北王家集 清
泉集（均縣北六十里） 薛家集（縣北九十里以上北德化鄉集鎮） 孤山村（縣西十里） 練城村
西王家集（均縣西十五里） 兩河口 董峯岡 朱毛集 水碧村集
岡湖（均縣西二十里） 西陳家集（縣西二十五里） 靳家樓 金溝集 姬溝集
東紫金 東紫順（均縣西三十里） 瓦屋嘴 虎頭岡 雙橋集 長湖
灣（均縣西四十里） 夏家集 黃天凋（均縣西五十里） 黃家壩 管家店（均縣西六十里）
楊家臘 樊塘村 蘇村店 楊村集 港灣村（均縣西七十里）
家集 尚塘集 柳莊村 水月村（均縣西八十里） 展溝集（縣西九十里） 關
疃集（巡檢及協防外委駐焉） 陶家集（均縣西一百十里） 程家集 胡家集（均縣西一百十五

以上西豐和鄉集鎮 按縣舊與壽州同城有六坊屬壽東紫金東春中北紫金中春申廣積東東紫順今皆屬壽州在壽州城外者仍屬鳳臺

宿州 州前集 州後集（均城內） 東關集 南關集 西關集
北關集（四城外） 東二鋪（州東二十里） 東三鋪 塔橋集（均州東三十里） 東四鋪
滹溝集（均州東四十里） 灰古堆 滎陽（均州東四十五里） 大店（分南北二集有營汛有驛）
蒿溝集（均州東五十里） 柳溝集 平安集 新義集（均州東六十里） 八里座集
清涼鋪 仁義集 公義集 桃溝集 永和集 林里集（均州東七十里） 大橋集 大灣集 坊口 八和集 回龍集（均州東八十里）
時村（州東八十五里巡檢把總駐焉） 草寺集 王家集（均州東九十里以上東閔子鄉集鎮） 桃
園集 小劉村（均州南四十里） 雙堆 高家口（均州南五十里） 花莊集（州南五十五里）

蘆溝集 尙廟集 單家口均州南六十里 官溝集 大營集 羅家集 公平集均州南七十里 任橋集州南七十五里 湖溝集 永鎭 陳家集均州南八十里 棠棣鋪州南八十五里 項橋集 繪河集 楊家集 洪溝集 雙橋集 趙家集均州南九十里 清忠集 漂澗鋪 蕒溝集均州南九十五里 褚家集 姚家集 瓦疃集 興隆集 三里灣 南義興集均州南一百里以上南蘄縣鄉集鎭 西二鋪州西南二十里 西三鋪 燕頭集 黃芽寺集 朱家門均州西南三十里 楊柳溝州西南十五里 西四鋪州西南四十里 西五鋪州西南五十里 錢興集州西南十五里 商家門州西南六十里 百善集分司西二集千總駐馬 陳家門均州西南七十里 柳子集州西南八十里 臨渙集分南北二集有營汛 鐵佛寺集均州西南九十里 張家橋 雙龍橋均州西南一百二十里 三義集州西南一百三十里以上西南渙陽鄉集鎭 孫疃集州西南五十里 童亭集州西南五十五里 韓村 青華村均州西南六十里 忠陽集 界溝集 朱疃村 歸正村均州西南七十里 五溝集 任家集 袁家店均州西南八十里 白沙集州西南九十里 仁聖集州西南一百五十里 仁橋州西南一百四十里 平易集 姬家口均州西南一百三十里以上西南仁義鄉集鎭 許家坡州西北三十里 古饒集州西北三十五里 倉積村州西北四十里 尙河集 平山集 蔣山集 諸陽山集均州西北五十里 吉山集 刁山集均州西北五十里 黃疃橋 橋南集 蔡山集均州西北六十里 米市集 翟家集 翟南集太和蔣疃集 睢溪口分口中口東口西鳳潁同知駐馬有營汛 宋疃集 宋東集 北義興集 積善村 新安集均州西北七十里 梁家集 蔡里集 百順集 仁里集均州西北七十五里 相義集 相

西集　永溝集　逢元集　留古集均州西北八十里　界河集　黃里集　方城集　蒙村　劉武橋　瞿溝集均州西北八十五里　徐家集　小同村均州西北九十里　張家集有營汛　高溪集均州西北一百里以上西北相城鄉集鎮　符離集均州東北二十里　孟積口　王家場　順河集均州東北三十里　清糧集州東北三十五里　褚莊　永昌集均州東北四十里　離山集　鶴山集分南北二集　永安集均州東北五十里　夾溝集有營汛有驛　鳳鳴集　五柳集均州東北六十里　永興集州東北六十五里　新豐集　菑邱集　支河集　永里集均州東北七十里　黃助集州東北七十五里　閔賢集　路疃集　公留集　永盛集　闞疃集均州東北八十里　謝疃集州東北九十里　柏山集分上下二集　魏山集　石相集　欄杆山集均州東北一百里以上東北子孝鄉集鎮

靈璧縣　漁溝集　影山集均縣北八十里　朝陽集　游家集均縣北九十里　雙溝集縣北一百二十里亦名雙興集與江蘇銅山縣連界　楊疃集縣西北三十里　禪堂集　樓子莊縣西三十里　沱河集縣西南五十里　濠城集縣南五十里即古垓下聚旁多漢時冢墓　固鎮縣西南九十里巡檢駐焉有營汛即古穀陽鎮也　連城集縣南一百二十里即古連城縣地　九灣集縣南九十里　順河集縣南八十里　八塔集縣南一百五十里　蚌步集縣西南一百六十里古采珠之地按蚌步當是蚌埠有主簿駐馬地屬鳳陽　按睢河北岸之三村集陵子集孟山集潼郡集元明間號繁富今頹垣斷埂幾無居人靈璧固瘠區民貧而商工鮮往往標集鎮之名而彌望墟落者實不足志茲特舉其較著云

壇廟

萬壽宮在府城東門內雍正間建乾隆十七年廬鳳道許松佶增築基址上建萬壽亭東西朝房各三楹及大門繞以圍墻同治十一年知府范運鵬重修

鳳陽縣社稷壇在府城南一里 春秋二仲月上戊日皖北道祭

先農壇在府城西縣城東南 季春皖北道致祭並率屬行耕藉禮孟夏行常雩禮同

風雲雷雨山川城隍壇在社稷壇之西 春秋二仲月上戊日皖北道祭並合祭城隍神

關帝廟在府城西門大街光緒二年皖北道胡玉坦重修有記 春秋仲月及五月十三日皖北道祭

文昌廟舊在府城北門外咸豐間燬同治十三年皖北道胡玉坦因城內三官殿遺址重建有記 春秋仲月及二月初三日皖北道祭

火神廟在府城南門內咸豐間燬光緒十五年兵備道王廉於舊址捐建大殿三楹大門三楹齋房三楹二十六年署皖北道馮煦重修 六月二十三日皖北道致祭

龍王廟在府城南門外老人橋北咸豐間燬同治間皖北道任蘭生每設位於龍興寺率屬祈雨旱甚則迓鐵牌祝於府城隍廟得雨復送歸廟西井中因建小廟覆之光緒十五年皖北道王廉卽於寺左構廟三楹 有碑記 率屬祈雨 春秋仲月上戊日皖北道祭

馬神廟在縣署儀門東 六月二十三日知縣致祭

劉猛將軍廟在府城西門外正月十三日冬至後第三日皖北道祭

府城隍廟在府城西門外感應坊明洪武初所建中都城隍廟也

國朝康熙十年燬於火知府章欽文耿繼志踵建乾隆二十三年知府項樟重修有碑咸豐間燬於寇同治八年知府范運鵬知縣俞熙重建後皖北道任蘭生高萬鵬相繼增修鳳陽柳增榮撰中都城隍威靈王事略曰王姓楊氏鍾離人元進士世亂隱居楊家村家饒有田園與明太祖相友善元至正十二年太祖從郭子興募里中壯士七百人歲比旱不得食貸於王贍麥穀數倉軍賴以濟因略定遠而下嗣雖軍事倥傯每過濠必迂道視王頻問永夕及定鼎應天召王宴勞予之官辭以勝代進士義不可仕賚以田宅辭以無子兄子從嗣家饒資產多遺之恐生浮蕩太祖頒之有清操亮節大可爲神之褒及歸賜詩贈帛遣宮送還命有司歲時報楊某安否殁時方造中都勅爲中都城隍威靈王命工部作中都南門外擇地建廟殿闕階級次帝制一尊春秋禮部奏請勅使往祀載入大明會典增榮于道光中得見洪武三年勅賜封神書劵冠亂遺失僅記其崖略焉

土地祠一在府署大門東一在縣城隍廟西二月二日致祭

厲壇在府北一里清明日七月十五日十月朔日知府先期牒移城隍神主孖祭

迎春亭在府城東門外光緒十二年皖北道高萬鵬建迎春日祭勾芒之神

旂纛之神霜降日致祭于演武場

袁公祠在府城北門外汔可亭舊址祀漕運總督袁端敏公甲三同治三年已革江南提督李世忠捐建門殿各三楹門外草房三楹又購置城隍廟南田若干畝巡撫喬松年有碑記

英公祠在府學後祀巡撫果敏公英翰光緒　年皖北道任蘭
生建大殿前殿各三楹東西廊各三楹大門樓一座繚以周垣
祠西草屋面南六楹面北三楹爲義學牛痘局歸藏局所
又捐置一千緡存息

昭忠祠在府城花舖廊大街同治元年漕運總督袁甲三建祀
咸豐間殉難官紳兵民婦女袁作碑記有云鳳陽田君端書倡
於鄉郎故甕城之基爲祠爲屋二
十三楹其中爲一命以上文武官死難者其旁爲兵士
及鄉人團練義死者其後爲婦女殉難者並爲位以祀

縣城隍廟舊在鳳皇山後康熙四十三年知縣陸韜改建於縣
城東門外咸豐間燬同治間知縣高啟林移建於縣城東門內
順城庵舊址光緒年知縣仍移建東門外

獄神祠在縣獄六月二十三
日知縣祭

縣厲壇在府厲壇之西

臨淮鄉舊中立府城隍廟在故城移鳳門內咸豐間燬寇平鄉
人重修又臨淮縣城隍廟今僅存屋一層縣舊志載臨淮志云
忠孝祠在縣治西祀宋死義石侯韓仔秦尤國鳳鄉邵
青楊照丁元七八左右配以孝子王澄張銓後改爲學宮祠廢
又云貞節祠在縣治西嘉靖十三年鄉耆楊榮呈祠烈婦張氏
呂氏知縣事廷舉飭並祀
宋元以來節婦今並廢

袁公祠在臨淮西關祀袁端敏公甲三附以公子侍郎保恒署
江甯鹽巡道保慶同治三年官民捐建並購置田百餘畝巡撫
喬松
年有碑記祠正殿後殿
東西廂大門各三楹

馬公祠在臨淮西關祀兩江總督馬端敏公新貽巡撫英翰捐
建皖北道胡玉坦有碑記祠前後殿各三楹東
西廂各三楹庫房廚房各六楹大門三楹

喬公祠在臨淮西關祀巡撫喬勤恪公松年壽春總兵郭寶昌捐建（正殿後殿大門各三楹）

臨淮昭忠祠在西關同治十三年壽春總兵郭寶昌捐建正殿祀忠親王僧格林沁兩楹祔以太僕寺卿盧士行提督康錦文東廡祀副參游都戎西廡祀千把外委勇士皆卓勝軍之死事者也寶昌又捐置岡灣田四百畝（寶昌有碑記）

懷遠縣社稷壇在縣北一里明洪武三年建

長淮衛城隍廟在長淮集明初長淮衛指揮使建

先農壇在荆山東麓嘉慶二十二年知縣孫讓修

神祇壇（亦曰風雲雷雨山川壇）在大聖寺後明洪武三年建

[redacted]帝廟在荆山麓明嘉靖十一年邑人張錫等建（明萬歷四十四年邑人湯嘉猷國朝康熙四十年知縣王澤弘修有碑記）咸豐三年燬于寇光緒二十二年邑人宮爾鐸倪偉綸倡捐募修（爾鐸撰碑記）又西城關帝廟在古西門明嘉靖間建（明萬歷二十四年邑人孫秉陽國朝乾隆三十一年邑人方簡重修有碑記）

文昌宮在荆山卞和洞之右明萬歷二十三年縣丞陳世佩邑人孫秉陽建（縣志有碑記）國朝咸豐間燬於寇光緒十八年邑人揚壽寶等募建（宮爾鐸撰碑記）

火神廟在縣北一里明隆慶三年嚴儒江鰍等建國朝乾隆間修（縣志有碑記）

龍神廟在渦河南岸

馬神廟舊在荆山麓嘉慶二十二年改建於縣署大堂

城隍廟舊在縣西南明洪武初建景泰嘉靖

國朝順治康熙乾隆疊次修建縣志均有碑記同治間邑人潘湘等改

建於社稷壇北

劉猛將軍廟坿祀城隍廟之後

土地祠在縣儀門東

獄神祠在縣獄

厲壇在縣西北二里

三皇廟即先醫廟在縣南春冬仲月上甲日知縣致祭

禹王廟在塗山巔明祀典有司六月六日致祭後增春秋二仲祭相傳建於北宋前明

景泰正德萬歷間

國朝乾隆同治間疊經修葺均有碑記載縣志今仍以六月六日知縣致祭又禹帝

行祠在南蜀村即古禹會村也建于宋延祐戊午沿明迄今代

爲修治明嘉靖壬子年國朝康熙二十二年六十年乾隆三十二年嘉慶元年有重修碑記載縣志

帝啟廟在荆山巔明景泰四年知府仲閔修嘉靖七年邑人隨

義等

國朝光緒二十年羽士吳復始踵修均有碑記

洪君祠在淮河東岸祀宋知無爲軍洪福乾隆間邑人王得臣

修

開平王祠在縣南祀明臣常遇春

年公祠在縣學明倫堂路左祀明戶部尚書諡恭定年富

楊公祠舊在荆山巔祀明御史楊瞻以清軍駐縣有德於民嘉靖四十二年知縣何立改祀於西山書院今廢

三侯祠後改預備倉今爲養濟院相傳乾隆初三侯木主尚置城隍廟一何立一潘登桂一陳邦幹今亡

昭忠祠在城隍行宮左光緒間邑人史吳氏捐建

烈女祠舊在城門外後圮道光二十三年邑人宋引賢于縣學署後購地捐建以前祠址種榴取息爲香火貲

節孝祠在縣署東南光緒七年重修邑人宮爾鐸有碑記

定遠縣社稷壇在城東一里今圮

風雲雷雨山川城隍壇在城東南隅二里今圮

先農壇兵燹未修

三皇廟在縣治東

關帝廟在南城大街乾隆四十三年邑監生蔡兆麟重修並捐置祭田三十五畝屬嚴澗橋保有碑記

文昌宮在縣學東

火神廟在縣治前

龍王廟在縣東北十五里泉塢山北廟前有泉禱雨輒應

馬神廟在定遠驛內

八蜡廟在縣東

城隍廟在縣治東咸豐間燬於寇知縣陳際春徐模踵修
土地祠在縣署儀門東
獄神祠在縣獄
厲壇在縣城西北一里
包公祠祀宋包拯一在縣署內兵燹後知縣陳際春捐俸重建一在縣治西道光三年邑人淩和鑾等募修燬于寇光緒十二年邑人重建一在縣南十八里
黃公祠在縣治東祀□□□□□嘉慶二十四年署知縣鄔正階捐俸率邑人淩和鑾等募建
張公祠在縣南城外祀□□□□□□嘉慶四年知縣張璇建

昭忠祠爲前知縣周佩濂專祠咸豐間寇陷城殉難官紳附祀於此
貞烈祠在南城後街嘉慶五年邑人彭立倫等募建兵燹後殉難婦女附祀於此
壽州社稷壇在城內西北隅
風雲雷雨山川城隍壇在南城外
先農壇在東城外鳳臺縣境
關帝廟在城內西南隅明指揮胡瑀建兵備道魏士前修國朝咸豐間圮同治十二年候補道任蘭生修
文昌宮在州學東南

火神廟在州治西北倉巷明成化間建
龍王廟在南城外順治六年壽春鎮副將毛貴重建同治十三年候補道任蘭生修
馬神廟在州治西北宣化坊明知州莊桐建訓導卯偉有碑記後圮
國朝光緒八年壽春鎮總兵郭寶昌改建於東城大街
劉猛將軍廟在州治北大寺巷八蜡廟內乾隆間燬於火知州張佩芳捐修有碑記
城隍廟在州治東大街乾隆三十四年州人鄭濬等修有碑記四十四年知州張佩芳嘉慶十五年知州靳天培二十四年州人孫克依踵修均有碑記克依復於廟東西建屋列肆取值為歲修之費咸豐間州人楊同捐

置祭田十畝有奇田在黑龍潭趙家窪同治間巡撫喬松年知州顏海颺重修
土地祠在州學內
獄神祠在州獄
旗纛神無廟每歲霜降日於演武場致祭
厲壇在城外西北隅
時公祠在城內西南隅祀漢壽春令時苗明成化間知州趙宗建年久祠址為土人盜鬻
國朝乾隆十年知州金宏勳清釐重建訪其裔生員時中奉其祀碑記略云留犢祠州人以祀漢壽春令時公也公令壽春駕車牛產一犢比去留於壽一時父老謀畜其犢棲於坊欽於

池久之思公不忘題其坊曰留犢坊池曰留犢池亦召伯甘棠勿翦之意云 咸豐間邑人孫家舉重修

劉忠肅王祠在城內西北隅祀南唐清淮節度使劉仁贍舊傳爲宋武帝內殿基明正德八年知州林僖修明洪暄撰碑記載州志知州劉槃同知王九思重修後廢移其主於黃公祠其故址有二碑存

范公祠在州治西祀宋相范仲淹以公子純佑純仁純禮純粹祔明天啟四年公裔國俊建崇禎元年御史范良彥有重建祀記略云勝國末裔孫廷信避僭吳亂徙壽建祠奉遺勑賜書藏焉其孫璋吏得壽爲奉祀生嘉靖間圯於水國俊改建於黌宮左國朝乾隆二十九年署知州鳳臺知縣沈丕欽重修

楊公祠祀明巡按御史揚瞻今廢爲三官廟遺愛祠碑尚存記略公嘉靖戊戌巡按江北清理戎務駐節壽州故壽人被德尤深次年還都諸郡及壽人追送有至彭誠者有至山東京師者初壽春距城五里許有湧泉寺諸生多肄業於此公政暇出與諸生講學其中復創置山房就學者益衆有四書五經舜原憶評錄並末揚節要授之門人有議武切要軍政條例授之世職者皆慮往實歸各足其量公去雖久遵行不倦至庚子歲郡人郎於湧泉山房講學之所構生祠繪公像以禮之

黃公祠在州署東大街祀明知州黃克纘明穎人張鶴鳴有碑記國朝順治間知州李大升重修乾隆四十一年知州張佩芳重修改爲劉黃二公祠記略云劉忠肅王廟在州治西北舊有殿寢門廡神廚牲室池沼之勝今存者僅屋三楹黃公生祠今夷爲平地有碣高三尺許鐫公銜諱尚存予涖壽二年議新忠肅祠以斂予貲不果因即黃公祠址爲屋設主以祀忠肅並列黃公石主于左

湯公祠在州治東北北紫金坊祀明御史州人湯鼐[illegible]知州建[illegible]湯公祠記略曰公成化時爲御史直聲動天下爲當路者所忌謫戍以死壽人祀公鄉賢舊矣嘉靖間督學耿公按壽欲特祀公徵其孫岐爲奉祀生立祠未就隆慶間繼齋甘公縮壽符曰湯公與鄒吏目並名于昔今署有鄒公祠獨無公祠缺典也乃借賓館之後堂肖象以祀萬歷庚申冬余承乏之壽州乃相東社學之堂而遷公象焉　州志按記中鄒吏目當時鄒智因直事謫守者今署亦無其祠兵燬復修

金剛愍公祠在城內東南隅祀廬鳳潁道金光筯咸豐七年奉
勅建州人孫家懌撰碑記略曰公牧壽三年遷廬州守去壽人思公以豐備倉分建公生祠及公殉難奉　勅改建專祠以同時陣亡之勇目六品翎頂呂祥邱常六品軍功章貴黃悅祔視祁和周洪姚山等祔祀

僧忠親王祠在城內外大街祀科爾沁親王僧格林沁同治七

年奉
勅建

英果敏公祠在古觀音寺右祀前安徽巡撫英翰光緒五年奉
勅建文武官紳捐建並置祭田四十七畝坐落南關坊

喬勤恪公祠在金剛愍公祠右祀前安徽巡撫喬松年光緒三年奉
勅建以總兵徐鶴附祀文武官紳捐建並置祭田一分坐落九里溝坊

忠義祠在金剛愍公祠左祀咸豐同治間殉難紳民婦女同治五年奉
勅建知州施照撰碑記略曰皖北自捻逆肆亂厥後苗沛霖以團練興變擾及壽春在城十八坊之遭荼毒者固未易更

僕數郎兩次城陷之先四鄉亦被蹂躪東南各鄉如曹村鋪阜口坊社公廟馬家店四十里鋪青蓮寺三覺寺老廟眾興壩口石家保義等集士民併力拒賊每多羅害其西鄙之塘坊店迎河集二鄉及東鄙瓦埠鎮大孤堆等處亦間有忠義之士殺賊殉國者節次采訪計咸豐同治以來城鄉先後殉難者文武官紳及生童共三百四十七人兵練齊民共二千三百零五人婦女六百五十一人又婦女守節而及于難者七十一人男婦乏食絕命者共三千一百八十八人都六千五百六十一人為請于當道奏 勅建祠以祀之時有鳳台城守把總邱維城城陷被害闔門殉節倉卒之際當道者未得其實疑以舉城獻賊莫為昭雪殊屬憾事又灌楊氏捐祭田一百六十畝坐落茶庵集姚桓捐祭田二百畝坐落王家橋

孫氏專祠在城內鎮安坊同治四年奏
勅建祀孫氏殉難男女一百四十六人藍翎通判銜從九品棠
時中坿祀焉

鄉賢祠在金剛愍公祠右同治六年州人為知州施照所建生

祠

畢公祠在州城東南孤堆集祀周畢公高州舊志云畢公後裔食采于龐遂以龐為姓宋時有龐籍家于壽陽乃建公祠其七十九代孫拔貢龐之鐸重修有奉祀生二人州志按宋史龐籍傳籍為單州武城人後附其孫恭孫傳均無家壽州之說何得云祠乃籍建考唐龐嚴為壽州人籍其嚴之後裔歟仍從舊志載之俟考

宓子祠在州之瓦埠鎮宓子墓前建始未詳明成化間知州趙宗修御史戴珊撰記嘉慶間知州劉天民修薛蕙撰記後知州王鎣又以其旁隙地佃民出息以供春秋祭祀
國朝康熙以來代有修治同治八年知州顏海颺稟請在鎮官房六十一間入祠為歲修費光緒六年巡撫裕祿奏請以宓子

祠墓列入祀典奉
旨俞允
楚相孫公祠在芍陂祀楚令尹孫叔敖明知州劉槃建栗永祿
修
國朝順治間知州李大升修後知州傅君錫州同顏伯珣改建伯珣撰記
鄧公祠在芍陂祀三國魏鄧艾
舒公祠在芍陂祀明巡按御史舒□名失考明萬歷間琢子琦作記按通志文職表萬歷間巡按御史無舒姓惟總督漕運兼巡撫都御史有舒應龍
顏公祠在芍陂祀州同顏伯珣

董子祠在正陽鎮祀唐董召南明嘉靖八年知州王鍪建李時撰記
董李二賢祠在隱賢集祀唐董召南及李興有碑記磨滅不可
識明知州劉槃王鍪踵修
鳳臺縣社稷壇在縣治西南隅
先農壇在縣東門
風雲雷雨山川城隍壇在縣西南隅
關帝廟在縣南門移治後知縣王寅清重修
文昌宮光緒十四年知縣桑𩦎因僧忠親王祠後空屋五楹改
爲文昌宮添建門樓一楹
火神廟在縣西街

龍王廟未建祭日設主於北門元女廟

劉猛將軍廟未建亦設主於元女廟致祭

城隍廟在縣西南隅相傳周世忠顯德年建明崇禎十一年邑人馬鼒募修有碑記

國朝乾隆初疊修貢士張秩新安江傳勳均撰碑記三十年邑人募購廟田九畝廩生岳華撰碑記道光十六年邑人捐修咸豐間燬于賊同治三年知縣裴某鳩貲七年知縣王寅清光緒十三年知縣覺羅錫光踵修始成生員張春元定遠生員周儀爾先後撰碑記

土地祠一在元女廟內一在城隍廟內

獄神祠在州獄

厲壇在縣西北隅鼓樓頭向無祠宇每清明中元孟冬朔有司牒請城隍神主致祭

僧忠親王祠在縣北門祀科爾沁親王僧格林沁同治七年奉

勅建

宿州社稷壇在城外西北隅

先農壇在東關

風雲雷雨山川城隍壇在城外東南隅

關帝廟在州學東

文昌廟在城東北隅

火神廟在州治西光緒間知州何慶釗重修

龍神廟在城北門內

馬神廟在州治東北

八蜡廟在東關久圮光緒七年知州何慶釗修葺十八年知州陸顯勳踵修

城隍廟在州東明萬歷間知州崔維嶽重建國朝康熙六年五十六年知州盛啟方董鴻圖道光三年知州蘇元璐踵修後漸傾圮同治十一二三年知州李陔華曹桂蘊州人提督歐玉標先後修建成

土地祠在州署內

獄神祠在州獄內

厲壇在北關

相山廟在州西北九十里相山乾隆間侍郎裘曰修巡撫高晉奏發帑建後漸圮光緒間知州何慶釗與鳳潁同知言南金重修每歲三月十八日鳳潁同知與知州聯名致祭

禹王廟在苻離月河北岸明宏治間重建國朝康熙八年乾隆十年知州盛啟方王錫蕃嘉慶七年州尉余壎踵修咸豐間燬于寇光緒八年知州何慶釗重建春秋二仲上丁日致祭

泰伯祠在睢溪口大街泰伯九十七世孫吳孟儀由歙遷宿建

閔子祠在州北七十里閔子鄉建自宋以前元末兵燬明成化

間知州蕭本重建萬歷十九年知州陳倓修巡按御史□□□置祭田三百畝立奉祀生

國朝順治五年准立奉祀生二人嘉慶十九年知州劉用錫修咸豐寇亂祠田質賃二頃有七畝光緒四年知州何慶釗諭質戶歸之于祠春秋由校官輪往致祭又于光緒十三年請復奉祀生額以閔慶餘閔憲倫補之又東關有閔子行祠春秋二仲上丁日州致祭用少牢

仲子祠祀先賢子路唐會昌二年建

國朝乾隆間改建於睢溪口嘉慶元年請立奉祀生一人咸豐間祠燬于寇光緒初仲子裔□□□重建請立仲貽璋爲奉祀生二忠祠在州東門甕城內祀唐張巡許遠明萬歷間知州崔維嶽建

國朝嘉慶八年知州傅文炳移建於東關旋圮道光五年知州蘇元璐拓基重建於昭忠祠東春秋二仲致祭

僧忠親王祠在州學東祀科爾沁親王僧格林沁

英果敏公祠在州學東祀故巡撫英翰光緒五年何慶釗建六年皖北道任蘭生籌撥錢八百緡存息七年王陸槐捐繳祭田一百五十畝入祠

伊壯愍公祠在州學東祀副都統伊興額光緒十四年知州何慶釗建

郭公祠在東關祀郭士亨同治九年州監生王朝錦捐置民衛地一頃七十六畝奉祠祀

昭忠祠在東關嘉慶八年奉

敕建以祀七年姦民王朝名作亂知州章鼎都司楊荃衛守備金振把總胡玉貫沛外委張永清武生秦攀元及兵丁八人趙永俊徐得元熊山曾尚友張杜如山張大萬許添五陳大有志邦馬得忠童有年吳柱鄉勇周四海陳卩王劉僂信韓明達劉岳玉四曹貴道四饒玉張四曹尚友張甯郭坤曹魁王大才劉志恒饒如裕謝大璧張景太周海王禮高魁三張克儉侯章二十八人之死事者是役又有被戕兵丁萬玉春宋山曾文章張成志宋元五人遇害鄉民牛士信張振邦陳大文陳淑清石貴王士明陳淑玉張四張清甯和鼎張巨房貴劉國貞王文選史甯馮燦朱上永張忠趙得充趙廷坐張杜玉存王成馮二張德王得武全顯士田張義趙得杜趙傑李玉張宗文弟天開李正志蔣石張申王魁劉標盧立業陳景田

山王方李安郭魁鄭杰張早陳勳鄭文何龔孜歐士信李長平王瑞李賓阮洪仁李元李魯鮑天佑張明哲魏志趙仁楊朋閔勾趙武潘得江志李二王日成李三高魁馬德業路堯陳元禧德郎太魏清李王氏七十七人遇害幕友侯選從九品陳震東入流宋太和及邵泳沈以懋范犀亭醫生田有和六人家丁楷魁金榮于榮三人皆配祀于祠又知州之子章馥未滿十歲遇害例不得設位與幕友六人勒名於石　又祠廡下有同治二年外委張開來率練勇劉益首張樂行被執罵賊遇害碑

節孝祠在州東

靈璧縣社稷壇在北關外

風雲雷雨山川城隍壇在南關外

先農壇在城東南一里雍正四年建

關帝廟在北關外乾隆三十九年知縣徐德懷與史聶埈捐俸重修教諭高玉行撰重修縣學記有云聶縣尉之尊人琴軒先生見文廟破壞毅然獨其家產與修又見　武廟傾圯

文昌宮在　乾隆五十一年知縣姚□□捐俸重修道光十亦捐款修之除徐侯捐俸一百五十金及士民所輸外餘皆聶太翁鸞產出巨金成之
六年知縣孫潤教諭丁椿茂訓導汪煊縣人沈偉呂蘭坡高思
淑魏開運捐修
火神廟在南關內西隅
龍王廟在城隍廟西道光二十三年知縣許垣建有碑記
馬神廟在南關內東隅
劉猛將軍廟在東大街道光二十九年知縣朱□沈□教諭丁
□□典史徐□等捐貲重修生員呂蘭坡撰碑記
城隍廟在縣學東

土地祠在縣署儀門外
獄神祠在縣獄
厲壇在北關外
三忠祠在西門街祀明殉難知縣陳伯安主簿蔣賢壽州指揮
錢英典史□文祥父子附焉祠久圮春秋仲上丁日有司以少牢祭於祠址道光
十六年署知縣孫潤重修而以孝子曹培張眉博大業徐金儲
設位附焉事載丁椿茂撰忠義節孝兩祠碑記
忠義祠　節孝祠均在縣學明倫堂左道光十六年知縣孫潤
教諭丁椿茂訓導汪煊縣人沈偉呂蘭坡高思淑魏開運捐修
椿茂撰碑記有云孫公採訪應旌節孝婦女四百二十一人詳請具題設位於祠以祀

橋渡

鳳陽縣諸橋　在淮北者一跨格子溝(靈璧交界)一在五里墩一在王莊街南一在五鋪街北一在街南一在又南四里一在四鋪街北一在街南四里又南爲吳家橋(皖北道任蘭生修)一在三鋪街中(明萬歷間建國朝咸同間皖北道任蘭生修)一在街南一在又南七里一在宮莊鋪北(明時建)一在唐家窪一爲飲馬橋(均任蘭生修)其在淮南者臨淮西之廣運橋(乾隆間知縣鄭時慶修)西壩之永安橋(乾隆間知縣貢震修)總鋪之[illegible]橋黃泥鋪之小石橋大石橋(貢震自建兵燹後復修)張家鋪之石橋紅[illegible]街之[illegible]橋赤欄橋(乾隆間知縣孫維龍自建)又有太平橋(駐防提督張懿齊得勝捐修)橋(漕運總督袁甲三修)胡家壩橋(亦兵燹後修)此皆驛路之橋也其在縣東者一在十里鋪西一在鋪東臨淮有淮甯橋(明守監閻瑄命僧募建萬歷間知縣鄭之亮陳翊生其後縣民梅賢等均重建)林家鋪有板橋(鄭之亮重建)又東有溪河大橋(順治間鄉民劉應兆捐建乾隆間貢生繆煊等修)跨濠水上者爲大通橋(在府城東南明洪武三年知府嚴達奉敕建國朝道光間圮於水陳姓捐置渡船一艘咸豐間船廢鉼增築復舊置光緒六年皖北道任蘭生重修東西磚岸長十丈東高九尺西高八尺廣一丈二尺三空)鹿塘二石橋(一在城東乾隆四年臨淮知縣鄒承顯建宣洩塘水歸花園湖其一在塘東北)跨清洛溝者爲劉府集大橋(在縣西南劉府東兵燹後傾圮知縣劉彥重修)東有小石橋(一曰二橋一曰三橋)劉府西爲殺虎橋(元卞應宜記係於北[illegible][illegible]故名土人謂爲煞斧橋橋下水相傳爲遺碑澗)又西爲沈家橋九龍橋其西路八里岡西爲陡澗橋跨龍子河上源者爲徐家橋其舊鋪路則東鄉鋪有十八里橋(舊名迎安橋)司家鋪有司家橋此皆鋪路之橋也至若

縣城西北馬鞍山後之孫家橋陳家橋高橋皆跨山溝其洩入方邱湖十六長淮衛南有五空橋在燕湖水由此入方邱湖兵燹後橋圮今修渡淮十里至釣魚臺南爲姚家橋其西爲陳家橋其東爲沈家橋皆跨小河可達玉莊跨玉帶河者爲玉帶橋在十里程北三鋪南有石橋橋下水西南入沬河口在濠河上源者接待寺東爲滾子橋又東五里爲上方橋東西濠水於此合流又東五里爲履保橋爲定遠入郡之境徑東十里即接大通橋又在新河上源者舊洪武門外有鳳陽橋東二里爲老人橋又東北二里爲安德橋又北一里爲新橋跨金水河者爲金水橋在縣城東南府城北有三步兩橋又東北有七里橋兵燹後修跨濠水東源者爲王二橋在臨淮境石龍山南見於臨淮舊志者曰望仙橋鍾樓東相傳藍采和昇仙時人聚橋上觀之今爲中路橋谿水橋聞賢門外大東關劉傚橋曲陽門外劉傚菴三里橋南關外今尚存香花橋舊治東南五十里張家鋪古邱橋燃燈寺西皆久圮昇仙橋清流門內相傳藍采和於此昇仙石上足跡猶存曲陽橋曲陽門大士橋舊縣治後芙蓉溝橋導北門內九虹橋舊治西北七里寫陽新書吉橋有九梁元時建即莊惠觀魚處昇高橋舊治西南四十五里昇高山下元時建高橋新高橋舊治南五十里周家橋舊治南三十七里史官埠橋舊治南二十七里安樂橋舊治東南五十里遠山橋舊治南五十里皆湮沒不可攷

諸渡縣東爲臨淮浮橋渡舊泗州有浮橋凡橋船四十隻泗州沈沒於北咸豐三年燬於寇光緒五年皖北道任蘭生造義渡馬船二艘渡夫工食由[illegible]淮關辦公經費項下籌撥勒石永禁需索又於南北兩岸築磚岸以便渡者溪河渡在臨淮關東舊有橋今已修復花園湖劉家渡縣東五十里東北爲老鶴集渡距縣七十里小溪渡縣東北十里井頭之外河口渡縣東北九十里朱家

縣西北八十里與宿州分界處橋亦分修薛家橋縣西北七十里安家集大橋縣西北六十三里在宿州安家集南里人嚴大鵬等建喬家橋縣東北六十三里宋家橋縣東北六十里淮東南諸溝之橋跨龍王溝者爲碾盤橋縣西南九十里方家橋縣西南七十五里跨大澗溝者爲三步兩橋縣西南七十二里經家橋縣西南七十里官橋縣西南七十五里里人汪永安修跨木欒泉入郭陂塘者爲王家橋縣南四十里嘉慶十三年里人周淮等修改名太平橋珍珠橋縣南三十五里跨考城諸山澗者爲中僊橋縣南五十里考城集中下僊橋考城集東閣北首石麟橋考城集西閣外雍正十一年里人張琮修有碑記乾隆末復修羅漢橋在石麟橋西跨上盤塘溝者爲永濟橋縣東南五十里明萬歷中里人王松捐建孫秉陽撰碑記國朝乾隆間王大謨宮連岫重修土名東大橋通鳳潁大路跨塗山西南麓水者爲雙橋縣西南七里上洪橋縣東南五里跨塗山西麓水者爲下洪橋縣東南四里跨李家溝者爲李家橋縣東五里跨砂礓溝者爲板橋縣東八里跨黃家溝者爲賈家橋縣東十二里跨三官溝者爲三官橋縣東十四里跨塗山南麓水者爲西九龍橋縣東二十五里跨黃山澗水合西馬廠湖水者爲東九龍橋石橋均縣東十五里梅家橋縣東二十里跨塗山東麓水者爲草窪子石橋縣東十八里跨席家溝者爲席家橋縣東二十八里跨化陂湖汊水入席家溝者爲張家橋縣東三十里淮西諸溝之橋跨周家廟溝者爲廟北橋廟南橋均縣西南五十四里跨大澇村溝者爲常家橋廖家橋均縣西南五十里胡家橋縣西南四十七里五里橋縣西南四十五里跨隔溝者爲吳家橋縣西南三十里郭莊橋縣西南二十五里生員唐斌建隔溝橋縣西南二十三里明邑人周輔等建跨荆山南麓大澗者爲荆南橋縣南六里一名道人橋明景泰五年邑人何景吳敏

等建 跨荆山東南麓水者爲大聖寺橋縣南三里荆山嘉靖中邑人袁鐘捐貲重建楊時秀撰記 跨荆山東麓水入碧溪澗者爲道前橋縣南半里東西二座 足民橋縣南半里 跨碧溪澗者爲碧溪橋寒水橋既濟橋均縣南半里 金水橋縣東南一里半 跨荆山東麓水由金水橋入淮者爲太極橋縣傅志縣西金家溝邑民王高榮建縣西字有誤 跨荆山北麓水者爲魏家橋縣北二里 獨石橋縣北一里半[illegible] 粱廟縣北一里 青龍橋縣東半里乾隆間修縣志有記 跨社稷壇北水者爲建寧橋縣北一里 跨鐵子塘水者爲永安橋縣北一里邑人梅松建梅蓁修 跨荆山北麓水入渦河故道者爲玉帶橋縣西北二里 含龍洞橋縣北三里 跨城北濠者爲北門橋縣治北三里 洛河東諸溝之橋跨大磨山水者爲沈家橋五里橋均縣東南八十五里 跨裴家汊者爲張家橋縣東南八十里 跨霍家溝者爲趙家橋縣南五十里 霍家橋縣東南五十五里 洛河西諸溝之橋跨九龍橋水者爲九龍橋縣南七十五里 跨高唐澗者爲夏家橋四門橋顧家橋談家橋均縣南七十里 天河南諸溝之橋跨閘溝者爲劉家橋縣東南四十里 成家橋縣東南三十五里 小橋縣東南三十二里 跨歷山水入天河者爲李王壩橋縣東南三十五里 跨祝家汊者爲尤家橋縣南二十五里嘉慶十年里人重修 天河北跨塗山東南諸澗者爲劉家橋縣東南八里 陸家橋縣東南十里生員李廷輝修 官橋縣東南十五里 黑河北諸溝之橋跨新溝者爲雙龍橋縣西南五十七里 耿家橋縣西南六十里 章家橋縣西南六十一里 跨新溝汊中東合當臨溝者爲二張家橋縣西南一五十七里一五十里 陳家橋縣西南五十里 跨當臨溝者爲李家橋縣西南五十五里 張家橋縣西南五十二里 陳家橋趙家橋宋疃橋

胡家橋（均縣西南五十里）符家橋（縣西南五十五里里人符琛建）李家橋（縣西南[illegible]十八里）張家溝者爲二陳家橋（均縣西南四十里）張家橋胡疃廟橋（均縣西南四十五里）李家橋（縣西南四十七里）耿家橋新橋（均縣西南四十八里）趙家橋（縣西南[illegible]十九里）次河南諸溝之橋跨平阿山水入瀾漢溝者爲尹家橋（縣西南五十七里）跨瀾漢溝者爲新橋（縣西南五十五里）大士橋蝦蟇橋趙家橋（均縣西南五十里）跨當臨溝北水入瀾漢溝者爲何家橋張家橋龍家橋（均縣西南五十里）跨柳溝者爲范家橋（縣西南四十二里）盧家橋（縣西南四十里）李家橋（縣西南三十里）陸家橋（縣西南二十八里）邵家橋（縣西南二十六里）跨花家湖北入柳溝水者爲謝家橋邵家橋曾家橋（均縣西南四十里）跨官溝者爲關廟橋（縣西南三十七里）陸家橋彭家橋葉家橋萬家橋（縣西南三十五里）耿家橋（縣西

南三十二里）邵家橋（均縣西南三十里）老橋（縣西南二十五里）次河北諸溝之橋跨金溝者爲楊家橋（縣西八十里）跨孫家溝者爲孫家橋新集橋宋家橋（均縣西八十里）跨尚家溝者爲尚家大橋（縣西八十里）跨老遂溝者爲盧家橋（縣西七十五里）跨團頭溝者爲王家橋（縣西八十里）跨王家溝者爲二王家橋（均縣西七十里）跨大聖寺溝者爲韓家橋裴家橋王家橋楊家橋（均縣西六十五里）跨大聖寺東小溝者爲倪家橋明家橋（均縣西六十三里）跨東臨溝者爲韓家橋（縣西五十里）梅家橋宋家橋（均縣西四十八里）跨馬前溝者爲閔家橋（縣西三十五里）渦河南諸溝之橋跨鈕家溝者爲鈕家橋（縣西九十里）跨楊家溝者爲邵家橋（縣西七十二里）跨陳家溝者爲陳家橋（縣西六十里）跨朱家溝者爲朱家橋（縣西五十五里）跨毛家溝者爲

毛家橋縣西五十二里生員邵壯行建跨殷家溝者爲殷家橋縣西四十九里跨東毛
家溝者爲毛溝橋縣西四十五里跨羅家溝者爲劉家橋縣西二十里跨吳
家溝者爲吳家橋縣西二十二里跨十里溝者爲十里橋縣西十里跨柳升
塘溝者爲柳升塘溝橋縣西五里跨蕭家溝者爲梅家橋縣西五里西門
大橋縣西三里跨張家嘴溝者爲銀錠橋縣西三里渦河北諸溝之橋跨
湯家大溝者爲湯溝橋縣西七十五里跨新溝者爲新溝橋縣西七十里跨
帖家溝者爲亦靈橋縣西六十里明崇禎十一年建有碑記跨楊家窪者爲王家
橋縣西五十里張家橋縣西四十里跨宮家溝者爲宮家橋縣東三十七里今圮跨
邑家溝者爲陳廚橋縣西三十五里跨湯家溝者爲湯家橋縣西一十八里跨
張家溝者爲張家橋縣西二十里孫家橋縣西北二十里跨黃家溝者爲利
涉橋縣北四里馬頭集明劉泰舜登先後踵建邑人楊嘉猷撰記大板橋縣西四里邵家橋縣北二里
舊名新通橋義民邵自有建淝河南諸溝之橋跨項家溝者爲項家橋縣西北一
百五里跨田家溝者爲田家橋縣西北一百里跨胡家溝者爲胡家橋
縣西北九十里跨沖田溝者爲公修橋縣西北八十五里跨宋家溝者爲丁家
橋縣西北五十五里跨三官廟西溝者爲常家橋縣西北五十里跨晉家溝者
爲李家橋縣北二十里楊家橋縣北十七里里人楊宗修建陸家橋縣北十八里王家
橋縣北十五里趙家橋縣北十四里劉家橋章家橋朱家橋路家橋均縣北十
三里跨邱家窪者爲邱家橋縣北二十里淝河北諸溝之橋跨無量溝
者爲闞疃集橋縣西北七十里李興集橋明家橋均縣西北六十里跨汶水入
無量溝者爲劉家橋縣西北五十五里跨唐溝者爲陳家橋縣西北五十五里

跨小石澗溝者爲張家橋縣西北六十里里人張占太建滕家橋張家橋均縣西北
五十八里趙家橋縣西北五十五里李家橋縣西北五十三里跨大石澗溝者爲邵
家橋縣西北六十里大通橋縣西北五十七里萬善橋縣西北五十里跨斜溝者爲老
橋縣西北三十五里跨石羊溝者爲劉家橋縣西北三十里清溝北諸溝之橋
跨大石澗溝者爲錢家橋縣西北六十五里跨天堰溝者爲黃家橋縣北
五十五里火神廟南橋北橋均縣北四十五里老橋縣北四十二里賈家橋縣北四十里
跨鴨溝者爲鴨溝橋縣北三十三里跨黃水溝者爲呂家橋縣東北三十五里
跨界溝者爲八林橋縣東北四十里澥河南諸溝之橋跨呂溝者爲二
張家橋均縣西北八十五里跨西廖溝者爲王家碑橋縣西北七十五里跨東廖
溝者爲崔家橋縣西北七十五里跨北大溝者爲二王家橋喬家橋均縣

西北七十里跨青龍溝者爲王家橋崔家橋均縣北六十里跨長八郎溝者
爲宋家橋縣西北六十二里崔家橋縣北六十里跨臨溝者爲二厐家橋一縣
北五十六里一六十里張家橋縣北五十七里
諸渡　淮河渡口淮自入縣境後爲新店渡縣南七十五里洛河渡縣南
七十里新城口渡縣南五十里黃疃窯渡縣南四十五里馬頭城渡縣南二十里上
洪渡縣南五里下洪渡縣東三里岫河口渡縣東北四里祖師廟渡縣東北六里張
家莊渡縣東北十五里渦河渡口自界溝集入境爲界溝集上渡下渡
均龍亢里西十五里黃家窪渡龍亢西十里龍亢上渡下渡附龍亢集王家渡龍亢東三
里何家溜上渡下渡附何溜王家渡何溜東三里雙溝集渡何溜東十五里呂
家淺渡縣西三十里龍窩渡縣西二十五里沙溝渡縣西十五里陳家莊渡縣西十里

瓦子岡渡縣西北十二里龜山頭渡縣西北三里板橋口渡文昌閣渡縣西十里巷渡火星閣渡四川閣渡水巷渡均縣北二里阮家巷渡縣東北二里半陶家巷渡大王廟渡禿尾溝渡閘口渡均縣東北三里賈家渡縣東北三里半芮家巷渡縣東北四里淝河渡口自陳家集入境爲張家淺渡縣西北九十里魏家渡縣西北八十里邱家渡龍亢北十里烏雲寺渡附烏雲寺韓家渡縣西北七十里張家渡縣西北六十五里郁家渡縣西北六十里高家渡縣西北五十八里金家渡縣西北五十七里王家渡縣西北五十五里劉家渡縣西北五十里錢家渡縣西北四十五里羅家河渡縣西北三十里楊家渡縣西北二十五里欠河渡口爲陸家渡縣西三十五里洛河渡口爲上窯渡縣南五十里天河渡口爲天河橋渡縣東南十五里

定遠縣諸橋　在縣城中者爲曲陽橋縣治西縣東爲鳳凰橋縣東城外順治十八年知縣徐三善建洛陽橋縣東三十里走馬橋縣東四十里太平橋縣東六十里池河鎮西明洪武八年知縣朱玉建長四十四丈廣三丈八尺高三丈六尺十有三空爲淮南驛路橋之冠自濠州迤東南諸水凡六十餘道匯於此橋至雙溝入淮道光六年圮於水皖北道吳篪知府汪霖知縣馮雲祥捐俸千數百金倡修邑人張大賓等輸巨金成之七年八月經始八年五月蕆工用銀一萬五千四百有奇汪霖及邑人凌泰交均有碑記士橋在池河東街沙澗橋縣東六十五里大山橋有二均縣東七十五里南爲順陽橋康熙年知縣曲震道光庚寅年知縣張應雲重修均有碑記壩囘橋均南城外嚴家澗橋官橋均縣南二十里藍柵橋蔡家橋均縣南三十里康熙二十七年知縣曲震捐俸重修驢站步橋縣南四十里張橋縣南四十五里麻埠橋縣南六十里金廣橋縣南七十里西爲通濟橋西城外元元統二年主簿蒲從善建余闕撰記順治六年圮于水知縣李人龍捐俸重修改名會元橋後復圮乾隆五十八年邑人方熙獨捐貲復修凌和鍇撰碑記高家橋縣西五里安豐橋縣四十五里竹墩橋縣西十八里雙鴨

橋縣西二十里馬長橋縣西二十五里白澗橋大石橋均縣西三十里永康鎮橋縣西六十里宋嘉祐間建霸王橋縣西六十五里劉佮橋縣西七十里元延祐三年劉佮建因名時家橋沛洛橋均縣西七十五里西道橋陸家橋均縣西八十里北爐橋縣西九十里北為邊家橋縣北三里北沙澗橋縣北三十里望兒橋縣北四十里東北為鶴棲橋縣東北十五里陳九公橋明宏治九年邑人陳九公建有碑記紅橋均縣東北二十里山溝橋雙塘橋均縣東北五十里東南為三橋均東南四十里大橋石閣橋均縣東南五十里西南為清澄灣橋縣西南七里有宋宜和八年碑以水澄清故名鄧家橋縣西南十五里孫家灣橋縣西南二十五里劉會橋縣西南四十五里昔劉項會兵于此故名西湖橋九子橋雙城橋均縣西南六十里荒陂橋縣西南七十里王家橋天助橋爐鎮南五里西北為便涉橋縣西北三里

諸渡縣東為三汊口渡縣東五十五里西為洛水渡縣西九十里西南為下石閣渡縣西南五十里東北為於家渡縣東北六十里康熙二十八年知縣曲雯捐造渡船邑生員吳承緒等募置田一所資給渡夫工食名義渡今廢

壽州諸橋州東為東津渡大橋在州城東郎東淝水渡古名長瀨津順治十年兵備道沈秉公建乾隆三十五年州人鄭文頴捐千餘金修五十九年州人孫蟠與姪克任重修于橋西南增築長隄嘉慶五年復于西南增建一橋道光元年克任弟克依與弟姪重修復捐貲一千緡存息為歲修費有碑記光緒二十一年署知州錢文驥知州秦霦請挑濬橋下月河以利行舟費緡七百五十緡所濬長二百六丈廣四丈五尺深八尺東門橋州東城東南二橋州東城三里橋州東三里西南橋州東七里劉家林橋乾隆五十年里監生楊敬修建橫塘橋州東四十五里明萬歷間建官橋州東八十五里新橋州東八十八里北爐橋州東九十里州南為南門橋南城外明萬歷間知州黃克纘修國朝乾隆元年署知州段文元修均有碑記同

治十一年皖北道胡玉坦及紳民籌貲重修並修東南石堤九龍橋在州南關九里橋州南九里孫氏捐修
十五里橋州南十五里康家橋州南二十五里申家橋州南三十里和尚橋州南四十
里板橋州南五十里紅石橋州南二十五里酒劉橋州南七十里明同知袁經建監生余尚仁修
雙門鋪北橋南橋州南九十里三流堰橋州南一百三十里州東南爲二里
橋州東南二里孫氏捐修東陡澗橋西陡澗橋均州東南二十里温家橋蘆
岡橋均在瓦埠東鎮人劉蘆岡建莊墓橋州東南九十里繆家橋魏家橋沈家
橋均在東南鄉州西南爲新壩橋州西南六十里福公橋正陽鎮北門外長五里乾隆間運副
趙孔德捐修道光間潁上皮大權添建石岸其姪樹多姪孫方培各捐巨貲重修大墩橋在沙澗鋪雍正間監生余
尚仁建州北爲北門橋州北門外明正統間建嘉靖間知州劉永準更建石橋國朝咸豐間粤寇犯州皖
北道金光筯監橋梁之同治七年巡撫吳坤修駐壽時重建

諸渡
淮水在州境者爲九里溝渡州西南水漲則設菱角嘴渡州西南二
十里方家坂渡州西南二十餘里黃天澗渡州西南四十里抹河口渡州西南四十餘里
正陽關渡州西南六十里正陽關官義渡道光七年知州朱士達捐設定章刊石並撰碑記均載州志沘水
入州境者爲迎河集渡州西南八十里隱賢集渡州西南一百二十里馬頭集渡
州西南一百五十里其在東淝水者爲鄧家壩渡州東南二十餘里馬闌渡州東三十
餘里神樹廟渡州東南三十餘里瓦埠渡州東南六十里方氏捐設義渡知州陸顯勳爲示禁勒于石
義橋渡在瓦埠鎮方家樓北殷家埠義渡州東南六十餘里余洋埠渡州東南六十餘里
東韋擺渡州東南六十五里邵家壩渡州東南七十里紅石橋渡州南七十里邢家
埠義渡州南八十里小迎河集渡州南九十里白洋店渡州南一百里趙龍埠
渡州南一百十里船張埠渡州南一百二十里上石埠渡州南一百二十五里李家鹽壩

渡（州東南一百三十里）在安豐塘阜口閘水者爲東陡澗渡（州東南二十里）西陡澗渡（州東二十里）孫家壩渡（州南四十里水張則設）在州東境入淮諸水者爲官橋渡（州東八十里光緒二年官紳捐設義渡船隻定章勒石詳於州志）新橋渡（州東八十八里亦光緒二年所設官義渡章程均與官橋渡同）北爐橋渡（州東九十里道光八年州縣朱士達捐置四船章程與正陽關義渡同）

鳳臺縣諸橋

跨東淝水之橋爲東津橋（即東津渡大橋與壽州共）北門橋（在壽州淸淮門外亦與州共明嘉靖間李元實張曉均有重建碑記嘉慶十一年監生張志儀率族出貲三千二百緡修之知縣李兆洛撰碑記均載縣志）跨西淝河者有管家橋（在闞疃集北監生管備五同弟平同捐修并東西馬頭）馬頭集（在闞疃集南）卜家橋（在楊村集西）楊村橋（在楊村集東畔舊有義渡生員蘇裔蘇聖倫捐置明季生員蘇三統國朝乾隆間其五世孫及其七世孫先後捐建大石成橋）吳家橋 李家橋（均在顧家橋坊）雙龍橋（在瓦屋嘴）跨濕泥河者爲杜家橋（在港灣村坊）孫家橋（在尚塘集坊）安家橋 十議橋（均在港灣村坊嘉慶間村孫慶等倡捐建成知縣李兆洛撰十議橋記）樂善橋 朱家橋 曾家橋 畢家橋（均在壽泉集坊）嶺子頭橋（在壽泉集坊劉明捐修）聯橋（監生鄭敬捐修土壩光緒十六年知縣錫光堤請賑款重修）陳家壩板橋（均在顧家橋坊）跨小黃河者爲蔣家橋（在北王家集坊）永安橋 石橋（均在顧家橋坊）跨黑濠河者爲平石橋（在蘇家集坊三岔嘴）王家橋（在北王家集坊）石板橋（在李興集坊）張家橋 李家橋 雙龍橋（均在山裏集坊）袁家橋 谷家橋 黃家橋（均在蔡家店坊）耿家橋 武家橋 臧家橋（均在東陳家集坊）王家橋 馬岡橋（均在大馬闞坊）跨東泥河者爲崔家土橋（在北王家集坊）靑塼橋（在界溝北）孫家橋（在界溝集）劉家土橋 劉家橋（均在武家集坊）石橋 徐家橋（均在李末店坊）

趙家橋在董家店坊 夏家橋 馬家橋均在夏家橋坊 楊家橋在劉隆集坊 劉氏橋 新塘橋 李家橋在穆楊湖坊 小戴家橋在劉隆集坊 大戴家橋在地藏廟坊 王氏橋在太平集坊 葛家橋在葛家巷坊 周家橋在周橋灣坊 趙修橋在高皇寺坊 跨鴛河者為管店橋在管家店南 興善小橋 興善大橋均在丁家集東 石片橋在石家集坊 青石橋在劉巴集坊 黃家橋 陳家大橋均在新大橋灣兩坊分界處 岡胡家橋在大橋灣北 黃橋在黃橋灣坊 跨黃河者為劉家橋 萬福橋均在萬福集坊 跨月河者為泥岔橋在泥岔集坊 許店橋在黃家集坊 曹家橋在順河集坊 王家橋在劉家巷坊 跨套子河者為新橋在下蔡故城外淮河南岸舊名堰壩橋即周世宗徙下蔡浮橋處 跨城濠者為東門大橋在賓陽門外 跨東路沖者為修善橋在劉家林東 跨鴨背澗者為西大橋在鴨背鋪西 跨小陂塘

者為廣濟橋在王佛岡西 跨南行澗者為岡東橋在王佛岡東 跨路溝者為路溝橋 跨騎馬澗者為騎馬橋均在三山鋪西 跨泉塘澗者為安墩橋在安頭鋪西 跨曹家店者為趙店橋在趙家店西 跨山洞北澗者為小石橋在陳家岡西 跨洞山東澗者為大石橋在陳家岡東 跨青水澗者為青石橋在鄧山林東北 跨雷澗者為九里橋在八公山第三峯東麓 跨山澗者為沈祿橋在爐題山東麓 跨下蔡故城濠入淮處有小橋在下蔡故城西 菱角湖水入淮處有大橋在下蔡故城西南 跨壆土溝者為張家橋在胡家集坊 跨白洋溝者為廣梁橋在闞疃集西南光緒間魏紹志募修 廣濟橋在闞疃集西北光緒十六年侯寶靖程鳳鳴募修 跨展溝者為展溝橋在展溝集西 跨港溝者為港溝橋在清泉集西 跨北界溝者為利濟橋在薛家集坊 跨秀水溝者為餘慶橋

成橋均在陳家集坊　楊家橋　小陳橋均在大馬岡坊　跨謝家大瓦溝者爲
謝家橋　落馬橋均在穆楊湖坊　跨李家小瓦溝者爲李建橋在蔡家店坊
跨三官溝者爲三官橋在劉隆集坊　跨張村溝者爲李家橋在葛家巷坊
跨大安溝者爲安橋　跨北塘水者爲北橋　跨楊廟水者爲
南橋均在丁家集坊　跨九龍溝者爲九龍橋　跨積善溝者爲積善橋
均在石家集坊　跨裔溝者爲黃家橋在武家集坊　張家橋　王家橋均在羅家集坊
石家橋在石家集坊　跨劉溝者爲劉巴橋在劉巴集北　跨倉林溝者爲馮
家大橋在北塘村坊　跨柳溝者爲王家橋在桂家集南　柳溝橋在新集北　跨十
里溝者爲通濟橋　小磚橋均在北新集坊　跨八里塘三里溝中界者
爲家橋在下蔡坊　跨蘆溝者爲逯家橋在逯家巷坊　大石橋在蘆溝集南　跨響

水澗者爲周家橋胡家集坊　孫家橋在胡家集高皇寺兩坊分界處　跨濁溝者爲南
通橋在雙橋集南　跨催糧溝者爲董家橋　王家橋均在黃家壩坊　跨溝橋
者爲高家橋在雙橋集東　新橋在焦岡湖西　跨庇利溝者爲木橋在雙橋集北
跨花水澗者爲渡澗橋　陳家橋在管家店坊　跨大窪者爲和尚橋
在楊家臨坊　跨劉窪者爲南大橋在管家店坊　跨澗溝者爲黃家橋在虎頭岡
坊　跨官溝者爲王家橋在虎頭岡陳家集兩坊分界處　石家橋　馬家橋均在虎頭
岡坊　跨八丈溝者爲劉家橋在陳家集坊　展溝集淝河利涉橋嘉慶間監生王
懷信建三空石橋後圮道光初通判王玉田獨捐貲改建五空
後圮光緒十五年監生王承恩請款重修仍復爲三空
藹恩橋在石馬店坊光緒七年知縣錫光重修　洛陽橋在蔡家岡光緒十五年蔡家本捐貲重修　縣
南北門兩橋同治間王文章捐貲重修各修北門橋石壩均有碑記　劉巴集北磚橋光緒年記

名提督徐思忠捐貲重修三孔橋在興集坊光緒十四年知縣桑寶修豐樂橋在闞疃集南道光間修陳文秩借侯星右重修馬家橋吳家橋王道人橋皆北光緒十八年陳學修捐貲重修

諸渡

淮自黃家壩入縣境後有喬家口渡縣西七十里黃天澗渡縣西六十里朱家渡喬家渡均縣西五十五里方家坂渡縣西五十里貲家淺渡縣西四十四里河口上渡下渡均縣西南二十里過硤石而東則有魏家渡縣西一里下蔡渡縣南一里黑龍潭吳氏義渡縣東里許乾隆元年生員吳之璉捐置並捐地五十畝為經費楊家渡縣東二十里許家店渡縣東二十四里白龍潭渡縣東二十里平家渡縣東四十五里石頭埠渡縣東四十里逯家溝渡縣東北五十里劉家渡縣東六十里

東淝河則有北門義渡嘉慶間縣人常泰謝世璽捐置後謝鍾浩等募貲存息有碑記五里廟渡在壽州北五里

西淝河則有硤石口渡在朱毛集南萬家渡王家渡朱家渡均在朱毛集北彭家渡在陳家集北瓦堌嘴義渡在福鎮集南乾隆間趙亮工捐置歷久船廢其孫志儆志中志倫姪孫志爵等捐貲興復有碑記福鎮集渡在集西南瓦子寺渡在展溝集南黃家渡在闞疃集北劉家渡在胡家集南

展溝則有蘇家灣渡王家灣渡均在展溝集北山澗灣渡薄家橋渡均在展溝集南

闞疃集則有呂家臺渡雙廟渡黃家渡均在闞疃集宋家臺渡在闞疃集北

宿州諸橋

州東有劉家橋在東關馬家橋在蕲溝上二橋皆乾隆九年知州王錫蕃修灰古集橋州東四十五里時村北大橋州東七十里奎河穿股入睢由此直洩

東南有沱河橋州東南三十里粱溝橋界溝橋花莊集橋州東南五十五里官溝橋州東南七十里棠棣鋪橋州東南八十里上六橋亦王錫蕃修任橋州東南七十里明嘉靖間泰山廟任道姑募建其墓尚在廟前張家橋在花莊南十餘里州人記名提督歐玉標修有碑記漂澗廟南州東南一

百里西南爲曹家橋州西南七十里光緒十一年重修臨渙集橋州西南九十里州西有雙龍橋州西百里一西北有大興橋在睢溪口東光緒間建有碑記黃疃集橋州西北三十里黃疃集南橋北橋均王錫蕃修宏濟橋州西北八十五里跨矍溝州北有第一橋在北關護城隄外道光二年重建第二橋在泰山行宮後道光二年建涵洞橋道光十二年引秦家溝所受蘇豫之水于此宣洩九孔橋州北十里跨南股河上乾隆二十三年建五孔橋在符離集南清水溝三孔橋二均在符離集南通濟橋三孔橋均在符離集北上五橋皆王錫蕃修七孔橋在符離集北夾溝橋州北六十里甯山橋閔子橋州北九十里東北有栢山橋刁山橋均州東北八十里

諸渡

浮橋在符離月河中乾隆二十三年知州張開仕置船十二艘兵四名領種橋地二百四十畝州志八景之符離曉渡也後船朽敗橋兵自置船應渡迄建通濟橋官渡隨廢

靈璧縣諸橋

跨澮河者爲固鎮橋縣西南九十里明初架木爲之洪武二十四年知縣周榮改建石橋七孔跨沱河北者爲沱河集大橋縣西南五十里爲固鎮入縣要路南小橋在大橋南乾隆十九年鎮人捐建砂礓三磚橋縣南四十餘里爲九灣入縣要路乾隆間知縣邵謙吉建垻濠城集北橋明宏治三年里人張廣等建五孔有碑南橋明萬歷二十年里人張君大等建三孔均縣南五十里跨岳家河者爲吳公橋在縣東虞姬墓側吳公縣志未詳康熙間知縣于元吉修乾隆間圯于水知縣貢震捐建舊止一孔增擴爲三可通巨舟跨漁溝者爲漁溝大橋縣北八十里乾隆四年建七孔

諸渡

官渡有固鎮渡縣西南九十里舊有橋明致仕主簿曹淵捐修名固鎮新橋國朝康熙間圯乾隆九年知縣張大宗請將造浮橋成未請歲修貲橋兵四十八人口糧亦無常款閱五六年仍廢爲渡新馬橋渡在縣西南五十里明初駕木爲橋洪武二十四年知縣周榮建石橋後有道人張本清修國朝乾隆初淮澮倒漾淤水至橋

壅閼潰爲巨浸知縣王祖晉重修十八年署知縣周夢華請帑重建十六孔大石橋水漲溢漫久圮不修乃置渡船以通驛道夏秋之交南北數里風濤洶險民渡艱棘行旅病之光緒二十二年飭知縣余遠中立渡船章程刊石渡口

民渡有淮河之蚌步渡縣西南一百六十里桑家渡　西門渡　淝河之八塔集渡縣南一百五十里高家渡　杜家橋渡　澥河之呂家渡　胡家渡　周家渡　澮河之連城東西渡縣南一百二十里陡溝渡　九灣渡縣南九十里新集渡　順河南北渡縣東南八十里喬家集渡　睢河之霸王城渡縣東北五里王家庵渡　尹家渡　皆民經營官未嘗過問也

雜建公所

府城豐備倉在英果敏祠東光緒五年兵備道任蘭生建　育嬰堂在倉巷光緒八年兵備道任蘭生建江蘇吳縣人曹鼎字純甫辦理育嬰多年勸廉惠愛查察乳哺活嬰兒無算歿後紳士設木主堂中祀之私謚敏惠先生　溥仁堂在府署東光緒二十七年知府馮煦捐建內設清節堂恤嫠所懷清學堂蔣瓛救生紅船局及義塚公所各善舉馮公捐銀八千兩購置盱眙縣西湖灘地二十二頃有奇續置灘西接壤地七頃有奇又購置堂對門周姓屋十間續置堂間壁向李二姓屋共十二間餘制錢三千串並李前道光久捐銀一千兩分存宿州典及本街生息以作堂中各項常年縣費不敷者由鳳陽道庫歲撥錢

一千串有奇以資津貼郡城諸善舉至是始備馮公之力也

普善堂在倉巷光緒三十年鳳潁六泗道張成勳以育嬰堂改建內設育嬰保嬰施藥施棺官葬洪湖救生紅船諸局及惜字會各善舉前太守趙公舒翹捐銀一千兩並提育嬰原本及市房租銀共六千五百兩有奇購置盱眙縣對龍集小街灘地五十頃河頭地九畝七釐續置金龍灘地二十四頃又漕督今改江北提督衙門歲撥救生局錢三百串不敷者由鳳陽道庫月津貼錢五十四串是堂創始任公之力擴充則趙公之力為多

官薪局暫借郡城豐備倉光緒三十一年鳳潁六泗道張成勳捐建郡城一遇陰雨則樵蘇乏絕民間往往有斷炊之歎張

公捐銀二千兩發臨淮典生息委紳經理薪缺則減價出售亦
便民之一端也
鳳陽縣　養濟院在縣城乾隆二十一年因中衛署址建後廢同治八年知縣俞熙重建　自新所在縣署旁光緒二十三年知府馮煦建　義塚六區一在城南老人橋一在城北元武程一在城東九華山下一在城西馬鞍山下一在廟山鋪東共三十畝乾隆十年監生朱纘孔捐地十五畝在老南門外　臨淮鄉義冢五區一在　橋縣志闕名一在南岡上一在東古城一在雷家灣一在紅心
懷遠縣　荆山倉在縣堂東北　起運倉在縣南一里預備倉

在縣南一里　常平倉在縣治西　育嬰堂在城隍廟西　養濟院在城南大聖寺以上均久廢　豐備倉在縣治東光緒四年知縣吳洵捐建　自新所在縣獄旁　因利局在□□□光緒十四年江蘇丹徒縣嚴作霖募錢一千緡屬同邑李宗堯勸募榷鹽局知縣官紳捐貲設局稟　巡撫立案　恤嫠局　保嬰局　施棺局均在□□□亦李宗堯募捐推行者義塚十一區一在縣西龜山麓明御史楊瞻置有碑一在縣西門外僑官楊珀捐一在縣東塗山下舊漏澤園陵戶王敬捐一在龍亢鎮南地四畝明教諭張裴捐一在鎮北五里土名大義地一在縣西黃家溝一在縣南洛河鎮西地十五畝監生柴紹英捐一在縣南

考城東地二十畝道官沈繼保捐一在縣南上淇東岸淮商陳大倫捐一在縣北馬頭集邑民薛應期捐一在縣北舊岡村地十二畝邑民謝賜捐　新安義冢一區在縣西門外饒伯舒等捐存碑記

定遠縣　社倉舊在典史署前道光末邑人何錫瓚等捐集稻一萬二十石咸豐三年土匪圍城知縣郭師東散給守城居民罄盡九年城陷倉燬今復建五楹於黃公祠後　常平倉　樂歲廒倉在典史署東　豐備倉在池河驛東今皆圮　養濟院在縣東城外明永樂九年知縣劉景原建嘉靖十二年知縣唐錡十五年知縣陳銳先後增修　義冢六區一在縣北門外名

漏澤園明御史楊瞻捐置一在東門外三里嘉慶二十五年募購邑生員吳仰初田十五畝一在爐北保小橋灣北大路李氏塘東首距鎮四里嘉慶十三年邑紳方玉逵捐購鮑傑寅田十畝二分

壽州　預備倉在州治東北明知州栗永祿修　便民倉三一在瓦埠一在姚永店一在下蔡知州栗永祿修　軍儲倉在州治東北　常平倉在州治旁康熙間建　豐備倉在城東南隅道光二十六年知州饒元英建同治四年知州施照移北街中　養濟院在州東北　普濟堂在州城清淮坊乾隆三十一年知州席芑建芑撰記三十二年署知州張肇揚改名廣濟局更廣勸

募生息充裕刊定章程道光五年董事栢節等重修復顏其廳事爲普濟堂奉席芑木主其中以張肇揚孫葛生配知州王友仁撰碑記光緒八年知州陸顯勳重修顯勳增損其規條曰設義學以訓童蒙拾字紙以重斯文採節孝以請旌表種牛痘以保嬰兒製藥料以救貧病散錢財以濟困窮置義阡以掩胔骼施棺櫝以免暴露出賻儀以資喪葬備水械以救火災

義冢四十五區一附郭官義地六區計二十畝一正陽鎮官義地三區計九畝又巡檢陶岳屏捐地一畝一在三義集生員楊盛捐地三畝一在紅石橋歲貢劉夔倫捐地十畝一在下塘集監生陶浴捐地十畝一豐莊鋪義地三區曹鑑舟捐地三畝楊震捐地五畝吏員康祥捐地一畝一在青蓮寺監生戴增捐地一畝一在眞武廟廩生楊纘西捐地八畝二分一在隱

賢集增生楊邦平捐地十畝三分一在二十店張世龍捐地二畝六分一在姚皋店監生吳坦捐地二十五畝一在九里橋監生楊敬修捐地十一畝一在東紫金坊栢節等以廣濟尙羨欵置地八畝一在十五里橋孫克依捐地十畝爲孫族葬義地一在鳳臺境錢家湖坊孫恩詒募捐地十二畝一在東紫順坊候選教諭孫家鑣募捐地十二畝一在保義集南計二畝一升一在集北計四畝二升均集民楊義和等募捐一候選州同廖价藩捐地七區共十二畝一附貢廖英藩捐地三區共九畝一在南關坊二里橋兩淮鹽知事孫樹棠捐地一畝有奇一在吳家崗吳允升捐置一在東紫順坊九里橋耆民胡長安廩生金沛

田同捐地約七畝一州人張炳然捐地四區在眞武廟畢家店等坊

鳳臺縣 常平倉在舊縣署西北 社倉一在縣內一在蘆溝集今皆廢 豐備倉一在州東書院後一在闞疃集

宿州 豐備倉一在州署儀門東一在衛西倉巷內光緒七年知州何慶釗修 常平倉在州治東嘉慶間知州傅文炳重建州舊志明萬歷間知州崔維嶽于大店夾溝南平百善五處購地各建義倉又蘇元璐志睢溪口五鋪臨渙蘄縣各有社倉三倉今皆廢 養濟院在城隍廟東贍田二頃五十五畝坐落州北七里橋 義冢十一區一在西關道旁碑尙存一在東關外有碑猶存貢生陸應麟捐數字皆明之漏澤園也一在西關興福寺南監生張肆詔置一在西關五里鋪職員陳紹嗣置一在西關老龍潭東光緒四年由官購地四畝一分有奇瘞晉豫病斃災民一在西關龍興寺前光緒十三年同善堂三十六人捐置地五畝九分有奇在臨渙集者二區一里人陳永福捐置一監生王志仁生員孫楷鄉民劉鳳儀等捐置在睢溪鎮者三區一監生丁愷捐置一監生趙紹煜秦廷玉生員蔣夢熊捐置一監生丁廷璧鄭開達捐置

靈璧縣 常平倉在縣署內雍正間署知縣俞珗建 社倉在縣署後雍正間知縣王祖晉建 義倉在縣署東南道光十六年知縣朱甘霖捐修光緒六年署知縣張樹建邑人沈純嘏等募修按靈璧志略載舊志縣署東南有預備倉明洪武初建其地在今馬神廟後似即今義倉之址又載明萬歷二十年

知縣杜冠時建社倉六處一在城內預備倉西一在樓子莊一在固鎮一在九灣集一在孟山集一在八塔集隨地積貯歉歲所發以振濟今諸倉屋皆无存址亦難考

養濟院在劉將軍廟東乾隆十九年知縣貢震捐建貢震撰碑記舊志養濟院在城內東北隅草屋二十楹廢將百年震始購地更集孤貧三十三人以居之

義冢四區一在城東三官廟西一在城西眞武廟前一在南城外山川壇前一在北城外關侯廟後皆官道漏澤園也至民置義冢境內數十處縣志均未載